누구도 모르는 저쪽

허림 시집

# 누구도 모르는 저쪽

달아실 시선
30

달아실

일러두기

1. 본문에서 하단의 〉는 '단락 공백 기호'로 다음 쪽에서 한 연이 새로 시작
   한다는 표시이다.

2. 보조 용언과 합성 명사의 띄어쓰기 등 본문의 맞춤법은 시인의 의도에
   따른 것임.

시인의 말


너에게
나는 섬이었다

슬퍼하지 않았을 뿐
행복하지도 사랑하지도 않은 날들이
남았을 뿐이다


2020년 가을
내면 오막에서
허림

## 차례

누구도 모르는 저쪽

시인의 말　　5

**1부**

울컥하는 바다　　12

비누　　13

느리게 오는 것　　14

그런 저녁　　15

표고　　16

따듯한 안부　　17

설마　　18

이명　　19

감자꽃 필 무렵　　20

만추　　21

달의 사연을 묻네　　22

**2부**

마실    24

우울    25

마지막이라는 말    26

옛 편지    28

다 때가 있는 법이다    29

도토리    30

습관성    32

비, 빗소리    34

말의 그늘    36

반추    38

이맘때    39

초저녁 달    40

돌의 오줌    41

**3부**

양말　44

빈정　45

흰둥이　46

꽃이면서 꽃이 아닌 것에　48

술, 깬다　49

버스에서 잠든 세 시간 반　50

너의 처음은 어디니　52

설령　54

처서　56

오막의 한 밤　57

장설壯雪　58

먼 곳　59

나비　60

사월의 눈　62

**4부**

삭망 64

드라이플라워 65

어디서든 꽃은 피고 66

하늘을 보다 67

샛길 68

불을 끄자 그래야 달이 오지 70

정류장 빈 의자처럼 71

오죽 72

별일 없나 74

파킨슨 씨를 만난 날 76

**5부**

뒷담화    80

어느 셰프의 도마    81

투덕적    82

달기자반    84

촛물 내기    86

뭔 맛이래유    88

메물능쟁이    90

을수 내면 뭉셍이    92

도토리밥    94

비지밥    96


**해설**_사랑 분분(芬芬), 빈자리·오민석    97

1부

## 울컥하는 바다

다 울어도
눈물이 자꾸 고이는 것은
누군가 상처를 핥고 있기 때문이다

내안에는 울컥하는 바다가 있다

# 비누

몸의 밖을 준다

몸을
다 주면
보일 것 같던

그는 겉도 속도 남기지 않고 갔다

오래지 않아 냄새도 나지 않았다

# 느리게 오는 것

묵호에는 눈물을 먹 삼아 시 쓰는 시인이 있다
바다가 보고 싶을 때 어달리를 서성이거나
계구석마을 감나무 아래 앉아
등대가 있는 바다를 보다가
문득 전화를 하면
다시마 비린내 같기도 하고
난바다 같기도 한
'어덴데'가 건너온다
말도 느리고 몸도 느려 기다림도 길다
어판에 놓인 고기들과 눈 맞추거나
도다리 회 치는 아지매의 바다 억양과 말 섞으며
놀란 군소처럼 저무는 바다를 품다보면
'늦어서 더 반갑다야'
어쩌면 내안에 숨은 느림의 보행이
계구석마을 비탈을 걷는
밤 파도소리 듣고 또 듣는다

# 그런 저녁

투덕적 같은 바다 보자고 동쪽으로 향했다
갑자기 찾아온 우울이거나 슬픔도 한몫했다
한 생이 아름답거나 쓸쓸했다고
파도가 밀려왔다 갔다
해는 산 너머로 넘어간 후였다
노을 뒤에 오는 초생달처럼
어떤 이별 뒤에 오는 사랑은
더 뜨거워지거나 싸늘한 것
그림자 먼저 내안으로 숨는 것
버리고 싶은 내안에 숨은 당신이라는 것
그대 사랑은 일몰이 지나간
서쪽하늘 별로 뜨거나
뒤늦게 찾아온 열망으로 어두워지는 것
우정 동쪽으로 가면서
저무는 수평선 위 구름은 불을 지르고
황홀하게 사그라드는지
그런 저녁
너는 또 무슨 이야기를 밤새 풀어놓는 것인지

표고


참나무에 피는 꽃
참나무 향을 머금은 둥그런 꽃잎이 축축하다
세상의 꽃들이 햇빛을 향할 때
썩은 참나무 등걸에 들어
둥지를 튼 꽃들
오래전 잡지사에 투고했던 시편들 까무룩 소식이 없고
뒤란에 앉아 축축하게 읽어보던 유서들
살아서 쓰는 문장의 종결어미와
그대 사랑에 찍은 마침표에
다시 '그러나~'하고 문장을 이어 쓰던 밤이다
절절한 삶이었나
이별한 그대 겨드랑이에 손을 넣어보면
온기가 남아 따듯하다
그러고 보니 모두가 따듯하다
썩은 참나무에 기대어 꽃이 피고
낯선 그대에게 기대어 살아나는 날이다

## 따듯한 안부

사람이 집을 떠나면
어느 별에서는 꽃으로 핀다지요
슬퍼할 일이 많은 별에서도
다 살아가는 것처럼
눈물만큼 작은 꽃들도
따듯한 말을 품는다네요
오늘 불러본 당신의 이름은
어느 별의 꽃이었겠지요
작고 소박하여
몸 낮추어 겨우 눈 맞았는데
코끝을 스치는 이슬처럼
아마 당신이 품은 사랑이겠지요
안부 전해드릴게요

# 설마

뒷버덩 물이
산 따라 흘러가는 맑은 밤이다
카톡. 문자가 왔다
'삭제된 메시지입니다'
보내고 서둘러 지운 문장
밑알처럼 부화되지 않는 말
그대 입속에 맴도는
삭제된 말이 아득해져서
삭제된 말 주머니마다
대입해보는
설마들
내게 닿지 않은
말의 배후가 깊어지는
오다 사라진 말
설마

# 이명

눈을 감으면
새들이 날아올까요
하릴없이 나는 멀리 왔습니다
하늘의 길은 멀고
여름 지난 나무에는
붉고 둥근 것들이 무수히 매달려 있습니다
귀 기울이면 붉고 둥근 냄새가 들릴까요
하릴없이 나는 먼 길을 떠돕니다
모든 길들은 어디서든 만나서
안부를 묻고 또 헤어집니다
강물이 남겨놓고 간 물결처럼
모래톱에 남은 무늬입니다
눈 감으면
반짝이는 물소리 들릴까요
모든 길은 귀로 통하네요

# 감자꽃 필 무렵

언제든 떠날 애인이었다
집은 자주 비었고
방에선 오래된 냄새가 났다
개들이 짖는 게 낯설지 않았고
괭이들이 뒤돌아보며
뒤란에 몸을 숨겼다
내 모르는 소문이 떠돌았다
누군가 나를 보고 있다
감자꽃이 피고
그믐밤도 길은 환했다
애인이 떠난 저녁이었다

# 만추

밤새 방울벌레가 가을을 깁는다

늙은 사내들은 기다림에 남은 생을 걸고

바람은 습관처럼 나무를 흔든다

밤은 길어졌지만

새벽은 더디게 오고

슬픔은 서둘러 왔다

# 달의 사연을 묻네

지나간 것은 다 사연이 있겠지
앞으로 올 것도 다 사연이 있을 거다

당신과 나눈 이야기 사이사이
점박이 옥수수 알처럼 박힌 웃음과 눈물

흘러간 것은 흘러가는 대로
기다린 것은 기다리는 대로

슬퍼할 시간을 줘야

밤길 따라오는 달이라도 보지 않겠니

2부

# 마실

이 마을에 이사 온 지 달포가 지나도록
아직 바람과 물소리를 구분하지 못하네

바람은 산에서 오고 물소리는 강에서 오는데
귀먹었나 석석하네

이층집 여자의 실루엣 같은 안개가 스멀대고
사내의 취기가 옻나무처럼 붉어지면

이 마을 저녁은 금세 어두워지고
바람과 물소리만 가득하여 노곤하기 십상이네

가끔 밤길을 어슬렁거리는 짐승들 울다 가고
아무 일 없다는 듯 달이 천천히 한 밤 내 지나가네

이 마을 사투리도 엔간히 알아들어
  호박이며 부추 감자 고추 파 오이 가지 조이 기장 수수
옥씨기
  입맛 당기는 대로 얻어다 먹는다네

# 우울

슬픔은 조금 삐뚜루르 해도 좋다
얼굴을 찡그려도 좋고
엉엉 소리 내어 울어서 좋다
마음 어딘가 아프니까
아무도 눈치 채지 않아서 좋다
슬픔은 바닥이 없어 좋다
갑자기 찾아오거나
오랜 고민 끝에 찾아와 문을 두드릴 때
우울은 결국 나를 기쁘게 한다
뱀처럼 똬리를 틀거나
허물을 벗거나
지난여름 느티나무에서 울던 매미가
홀렁 벗어놓은 제 허물을 바라보고
어떤 표정을 지었을까
허물이 안간힘으로
마음을 만지고 간다

# 마지막이라는 말

캄캄하다
더 이상 용서도 사랑도 없겠지
삐뚤어지는 갈피를 잡아
이번만은

마지막이다
한 개비 성냥을 그어 불사를 수 있기를

은유의 마지막은 절벽에서 시작한다

주상절리 벼랑에 집을 짓고
사나운 새처럼 한철 살다간
여인에게 편지를 쓴다

안인바다 아침 햇살과
대관령에 날리는 사월의 눈발과
바람의 발자국만 깊은
내면 오막의 적막 따위는,
〉

마지막이라는 말은
이별 뒤에 오는 저녁처럼
그림자 거두어가는 것

# 옛 편지

옛 애인의 편지를 읽는 저녁이다
아니 별처럼 뜬 안부를 묻고 싶은 것이다
오래도록 마음에 둔 시간이 참 길다
주홍의 꽃들이 피고 지는 동안
애인도 나도 늙었다
향기도 빠지고 빛깔도 낡아
누추한 햇살을 깔고 앉아
깊은 주름을 말린다
가을처럼 그대가 벗어놓은 삶이 무엇이든
한때 들려주던 매미라 한들
나는 아직도 그리워하는 중이다
사랑하지 않아도 될 것을 사랑하여
고독해지는 저녁
옛 애인의 편지를 읽으며
물처럼 깊어지는 시간의 무늬들
서로 사랑하지 않아서
더 그리웁다고 절절했던 어둠을 읽는다

# 다 때가 있는 법이다

산안개 슬금거리는 백로 무렵
홍백이는 오함마 들고 산에 오른다

비 온 기튼 날
산속 깊은 고라데이에서 텅텅 나무가 운다
여름내 잠을 깨우는
죽은 참나무 등걸 두드리며 돌아댕기는 거다
노상 산으로 입때껏 돌아댕기며 때를 배웠다며
한밤중이라도 해야 할 건 다 해야 성에 찬다며
때맞춰 잠 깨운다

표고란 게 말이지 근디리지 않으믄 절대 깨지 않거든
사정없이 두들기고 물을 푹 주라고
내일 아침이면 돋을 겨
참 시안하지
뭐든 다 때가 있는 벱이여

내면에 든 지 삼 년 만에
그거 하나 간신히 때를 맞췄다

# 도토리

참나무 꽃을 본 적 없다니까
촌놈이 그것도 못 봤나 그러면서 도토리를 줍냐

정말 참나무는 꽃을 피우기나 하는 걸까
참나무 꽃을 꽃으로 보지 않은
그야말로 꽃을 꽃으로 보지 않은 탓이다

누가 꽃을 정의하였나
분명, 피고 지는 참나무 꽃
꽃으로 받아들이지 못한 편협한 고집들

세상의 꽃은 허울과 허물을 쓰거나
화장을 하고 밤의 조명 아래서 유혹하는
수천수만 빛의 광란이기도 한
꽃에 대한 오만과 편견이 꽃으로 피었으니
나도 꽃이다 꽃이면서 꽃인 척

참나무는 참회록 한 줄 쓴 적 없으나
어두운 지붕 위 툭 툭툭 선잠마저 깨우는 가을밤
〉

내 생의 저쪽에서는
도토리 주워놔 묵 쑤어 먹자
문자가 날아오고 있다

# 습관성

같거나 비슷한 말들이 나열되거나
비슷한 시간에 비슷한 생각이 쏟아지거나

가을이면 도토리가 늘 그만큼 떨어진다거나
잃어버린 기억도 형상해내는 사람이라거나

눈은 뭐라 해도 희고 차가운 그리운 것으로 내리고
꽃은 피어 봄이 오고

지금 끝나고 집으로 가는 중이야 모해?
기다렸지 힘들겠다 어서 들어가자
보름째 오가는 문장의 반복

서로
그림자처럼 어두워지고
얼릉 들어가자, 눕는 문장

뜨거워지지 않을
먼 곳
〉

보고 싶다는 말도
시들시들해지는

# 비, 빗소리

호박나물 가지나물 반찬, 저녁 먹고
네팔 어느 산에서 뜯은 풀잎차를 마시다가
어떤 여자를 사랑하냐고 물었나
어떤 타입의 여자를 좋아하냐고 물었나
어떤 여자였으면 좋겠냐고 물었나
집에 돌아와 파문처럼 이는 어떤 여자,
명료한 답을 주지 못한
나는 어떤 남자인가
어떤 타입의 남자인가 들여다보는 사이사이
촘촘히 쏟아지는 비, 빗소리
어떤 남자와 어떤 여자 사이
얼맞은 주파수 타고 섞이는 잡음처럼
밀려왔다 밀려가는 비, 빗소리
어떤 여자의 사랑이
어떤 남자의 사랑이
서로 겉돌며 뒤섞이는 비, 빗소리
정작 내가 좋아하는 여자와
나를 좋아하는 여자가 서로 만나지 못하고
만났다 해도 정말 어쩌지 못할

비, 빗소리
젠장 살면서 사랑할 수밖에 없지 않느냐
소리치며 내리는 비, 빗소리

## 말의 그늘

새가 하늘을 난다는 것
강물이 낮은 곳으로 흐른다는 것
해는 아침에 뜨고
달은 밤에 뜬다는 것
변하지 않는 진리이듯
내가 당신을 사랑한다
믿어달라는 것
마음의 증표를 보여주겠다는 것
노을, 붉다
숯덩이처럼 가라앉는 서해 섬마을 바닷가
처음 들었던 사랑한다는 말들이
파도로 밀려와 보라로 부서지는
'그랬나' 한 말들은 모두 사라지고
반복 재생되는
서늘한 말의 그늘
하늘에 숨을 곳을 짓겠다는
그리움이거나 희망
몸에서 번지는 그늘 같은 얼룩들
그냥 믿어달라는 것

알면서도 믿을게

거짓만이 진실이라는

진정

# 반추

당신이
어디 있나
찾고 있는 동안

당신도
내게 오려고
구름을 헤집고 있네

# 이맘때

살다보니
약속 지키지 못한 날들 많았구나
은가락지 하나 손가락에 끼워주지 못한 첫사랑도
사랑해 사랑 귓속에 꾸겨 넣던 날도

안개가 눈부신 아침
붉고, 노란 꽃잎 같은

나 아니면 누구도 사랑하지 않을 거라던

안개 사라지듯
유서도 쪽지도 문자도 카톡도 없이
잊을 수 없다면
그냥 눈감고 살겠다고,

자작나무 같은 검은 눈을 품은 여자

사랑하지 않고도
함께 살던
그맘때

# 초저녁 달

멀리서 온 친구는 멀리 갔다

언제, 다시
만나자고 했지만

언제일지 모를
날들

서쪽 산마루에 걸린
신발 한 짝

# 돌의 오줌

지은이가 한구석 내준 비탈의 돌밭

돌을 골라내는데

돌 다 골라내지 마라

오줌 쌀 돌은
냉겨둬

3부

## 양말

구멍 난 양말 꿰매는 저녁이다
버려도 좋으련만 이번만 신고 버리자
버리자고 다짐하면서 사는 날들
오래 산다는 건 그런 다짐
잠든 가슴 귀를 대어보면
젖무덤만큼씩 날마다 싼 보따리
그 속에 든 게 나라는 걸, 나만 몰랐다
버려야지 내다버려야지 하며
허리띠 졸라맨
잘록한 허리
그게 환장을 품은 폼이라는 걸
구멍 난 양말 꿰매다
바늘에 찔리고서 알았다
까만 피가 났다

# 빈정

말이란 게
사람을 이어주는 실 같은 것인데
어느 순간부터 말이 자꾸 끊긴다
끊어진 말을 잇대보려고
옆구리 찔러도 보고
저녁 먹으러도 가고
여행을 가기도 했지만
그냥, 먼 길 가듯 말이 없다
말의 끝이 마른 샘 같다
목이 마르고
말은 말이 되지 않고
아무 생각 없이
밥그릇에 얼굴을 묻고
미친 듯이 먹는다
음식에서 복이 나온다 했나
겨우 꺽 트름을 한다
당신 왜 그래
뭘
그만두자 그만
다음 말이 생각나지 않아 말을 삼킨다

# 흰둥이

흰둥이
강아지 일곱 마리 낳았다

고만고만한 새끼들
젖꼭지마다 매달려

쭉쭉
쪽쪽

두 마리 떼어 감췄더니

새끼들 세어보고
이리저리
허둥
지둥

또 세어보고
여기저기
들락대다
〉

내 얼굴

빤히

쳐다본다

내눠

## 꽃이면서 꽃이 아닌 것에

꽃도 별처럼 소멸해가겠지
꽃처럼 살고 싶은 애인들은 자주 아프고
우체부나 전화 문자나 전보를 기다리는 날들이 길어졌지
강물은 다행스럽게도 되돌아오지 않았으며
상처는 다 아물고 나서도 가끔 욱신거렸어
여기는 오막이니까
내 몸에는 오막의 풍토병이 들고
외롭게 떠돌다 돌아오면
온몸엔 화려한 통풍이 도졌지
다 사랑 탓이라고 했지만
사랑만으로 어찌 살까
꽃이었으면서 별처럼 소멸해가는
한 순간이 이토록 아름다운 건
그대가 이별을 간절히 기다린 까닭이다
꽃이 아닌 것을 꽃으로 보는
조금은 행복할 수 있지만
그게 사랑하지 않는 또 하나의 이유라는 거
알지

# 술, 깬다

늦은 밤부터 새벽까지
깊어지는 몽롱이다
조금씩 일그러지기 시작한 혀가 꼬인다
사랑이라는 게 말이다 오장육부를 돌아
비로소 이른 새벽을 부르고 목마르고 쓰린 속
새벽 다섯 시 가로등 아래
하루살이의 생애처럼 널브러진
들락대는 정신 줄을 잇대보다가
전혀, 세상에 없는
툭 끊어진
몰라
누군가 서로 비틀거리며 균형 잡고 걷던 골목
입속에 남은 숙취의 비린내
사랑이란 게 말이다
어디까지일까

# 버스에서 잠든 세 시간 반

홍천서 대구까지는 세 시간 반
금강고속에 앉아서 세상을 만 번도 더 바꾸어보네
절반은 흥하거나 절반은 망하거나
절반은 또 꿈으로 끝나지만
세 시간 반 동안 금강은 달리고
고속의 세상은 길 위의 풍경 속으로 달려가네
구름이 일었다가 흩어지네
하필이면 왜 달리는 버스 안에서
온갖 세상이 떠오를까
그런 세상이 온다면 오죽하겠냐
버스가 안동휴게소에서 잠시 쉬는 사이
세상을 바꾸면서 아랫배에 가득 찬 뜨거움을
먼 곳으로 다 쏟아버리고
버스는 정해진 시간 그 장소로 달려가네
아무런 방해나 훼방도 없이
세 시간 반 만에 대구에 닿네
세상은 여전히 돌아가던 대로 가고
여전히 대구는 덥고
사과 알 같은 사투리들이 귓속을 지나가네

홍천서 대구 가는 세 시간 반의 공화국이 섰다가 무너지고
누군가 부르는 소리에 뒤돌아보네
참 오랜만이네

# 너의 처음은 어디니

첫눈과 한 약속이 사라진다
첫눈처럼 약속이 녹아버린다
만나자고 한 내가 지워지고
첫눈이 아직 오지 않아 약속이 무너진다
약속 약속 우리들의 약속을 잃어버린다
첫눈에 핀 꽃이 지고
약속한 꽃이 보이지 않고
서울역 시계탑의 바늘이 반짝인다
첫눈이 와 환한 약속이
첫눈이 사라진 시계 속에서 쓸쓸해진다
오지 않아 약속이 사라진다
첫눈은 꼭 오지만
여기는 오고
거기는 오지 않고
거기 너머도 오지 않고
눈이 오지 않아 그는 약속을 모르고
첫눈이 다 녹고
약속을 지운다
오지 않을 그녀를 지우고

첫눈이 온 내면*이 온전해진다

# 설령

흰 것을 좋아했던 여자
흰 것에 대한 집착이 남달랐던 여자
밤중에라도 눈이 내리면
후드 티에 롱 패딩을 입고
눈 맞으러 가자던 여자
순수인지 순백인지
희고 깨끗하게 꽃잎처럼 날리던 수많은 눈송이들
나뭇가지마다 꽃이 피어나는 순간순간
다시 태어나고 싶다던 여자
눈이 무엇인지 처음 보는 월남 아낙네처럼
낯설게 생경하게 바라보다 눈 위에 누워 뒹굴던 여자
눈에 몸도장을 찍던 여자
그 작은 몸이 빙하처럼 녹지 않을 것 같은 여자
유독 추위를 많이 타면서도
겨울 눈 내리는 풍경 속으로 걸어가던 여자
눈이 많이 와 좋겠다던 내면
오막 들창문 너머
첫눈이 지나가고 다시 눈이 내려
먼 산 신갈나무에 눈꽃이 피면

눈꽃 구경 가자고 유서를 들고 올 것만 같은 여자
들창문 너머 하얗게 지워진 길을 따라 오려나
내다보고 또 내다보며
유배되어도 좋을
눈 내리는 밤

# 처서

누가 먼저 울었을까
연봉*이 매미울음으로 술렁인다
안개를 밀어내는 햇살이
산책로 푸른 잎사귀마다 반짝이고
짧은 생을 울음으로 다 녹여내려는 듯
매미의 울음이 뒤섞이는 숲
여기서도 울어보고 저기서도 울어보고
들리시나요 나의 사랑이
들었나요 나의 사랑을
서로 찾는 나와 당신
이승에 주어진 울음은 희미해져가고
생의 주기는 점점 짧아지는데
사랑이란 오랜 상처를 쓰다듬으며
저 울음 받아낼 당신은
어느 길목의 귀를 열고 있을까


* 연봉: 홍천의 마을.

# 오막의 한 밤

바람은 짐승의 혼이다
들판을 건너거나 개울을 건너며 막막하게 운다
울음의 결이 옹이처럼 단단하다
빛바랜 나뭇잎이 맘껏 떤다
바람은 멀리 가서 돌아오지 않아도 좋다
어느 구석진 그늘에 누워도 좋다
12월이 아직 바람 속에서 웅성거린다
오막을 지나가는 골말의 바람이나 뒷버덩말 눈발이
뭉크의 절규처럼 일그러진다
문이 삐걱거린다
내 안에서 춤을 추던 너의 환한 기억이 뜨겁다
생이 뜨거운 짐승들은 울면서 산다
캄캄한 밤이다

# 장설壯雪

막차도 못 타고
터미널 근처 여인숙에 들어 자리 편다

이리저리 티브이 채널을 돌리며 뒤척이다가
카톡으로 와 있는 모바일 부고장을 연다

문자로 정리된 세상이
유서처럼 떠돈다

어떻게 그렇게 잘 죽었지

사랑도 사람에 깃드는 생물이어서
떠나와 돌아보면 그립고 눈물 나는 일이네

눈 위로 걸어간 발자국만 선명하다

# 먼 곳

물속에 비친 얼굴이 맑다 그 뒤로는 푸른 향나무가 서 있고 그 너머 바람이 구름 몇 폭을 끌고 지나갔다

나는 물통 한가득 샘물을 담아 물지게를 지고 일어섰다 아무 말도 하지 않고 하늘이 따라와 항아리마다 푸른 하늘을 풀어놓았다

물이 어디서 오는지 누구도 묻지 않았다 여기저기 뚫은 관정마다 물이 올라왔고 향나무는 가시를 세우고 누렇게 말라갔다

물길이 먼 곳으로 돌았다는 소문이 전설처럼 흉흉했다

# 나비


그대 마음에 닿은 뿌리여서

뿌리에서 길어 올린

맑은 빛깔이어서

향기여서

꽃의 생리여서

풍매로 수정되는 말들이어서

의미도 무의미도 떠도는 행간이어서

의식도 무의식도 내포된

씨방이어서

진실이거나 혹은

진실이 아닌 말들의 꽃을 두고

나비여 너는 어디로 가는가

# 사월의 눈

분명 뭔 말을 하려는 게다
서서히 세상의 틈 메워서
흰 문장을 보여주려는 게다
빈 곳을 채워서 저들의 세상을 보여주려는 게다
각혈을 토해놓은 문장들은 짧고
끝내 죽음에 이르는 병은 고도를 기다리다 지쳤지
빈 들에 적설의 무게만 또 깊어지고
그 많은 새들은 어디로 갔을까
고비의 순간들이 지루하게 흘러가고
사월의 눈이 저녁을 불러들이네

4부

# 삭망

갈 길이 쇠털같이 많다고 했지만 꽃들은 지금 한창

장터에서 만난 몇몇은 다음에 밥이나 먹자고 했지만 그
는 내 손을 잡아끌고 아리랑순댓국집으로 들어갔다 순대
에 딸려 나온 허파와 혓바닥 염통 오소리감투

오늘이 지나간 날들이 달력에서 희미해지고
오는 금요일이 며칠이니 무슨 요일이니 물었을 뿐 아무
도 지나간 시간이 언제 오냐고 묻지 않았다

설사 꿈이 찾아왔어도 '참 시안타 무슨 일이지'

지나갈 일들이 지나가듯 지나간 건 금세 잊어버리고
다시 기억해야 할 일을 기억하지 못하듯 별 일 없었다
생각해보겠다는 말을 달은 기억하지 않는다

그러고 보니 지나온 길들이 다 환하다

# 드라이플라워

창가 탁자 위
꽃병에 꽂아둔 장미

오래도록
사랑이란 이름으로 여윈

그대 웃음이여

# 어디서든 꽃은 피고

꽃은
영혼의 웃음이다

물위를 떠돌거나
가시밭을 걷거나

크거나
작거나

꽃대를 밀어 올리거나
도리 없이 긴 가지에 매달릴 수밖에 없어도

# 하늘을 보다

눈물이
구름 되어
당신의 하늘을 흐릴까봐

한숨 쉬면
바람이 일어
당신의 발길을 어지럽힐까봐

귀뚜라미 울음
엿듣고 있다

저 달은 언제 지려나

# 샛길

샛길로 들어섰네
마냥 다니던 길은 늘 집으로 향했네
집으로 가는 행로를 구부려
천천히 시장 뒷골목을 어슬렁거리고 싶었네
그가 말한 거기가 여기였나
이 길은 세상과 막역했네
담벼락에 쓴 세상이여 안녕
변치 말자 지운 사랑
화살에 꽂힌 하트가 선명한
담장 아래
검은 비닐봉지 속 생선비린내
물컹했네
탁자에 둘러앉아 닭갈비 발려 먹다가
닭이냐 알이냐 시시비비하다가
취한 듯 울기도 하던 좁고 긴 골목
슬픔도 오래되면 희망이 될까
탁자에 앉아 가슴 큰 이모가 끓여주는 라면을 먹었네
오랜만에 들려주셨다고
써비스로 막걸리 한 대접

그득 따라주고 마주 앉네
능수능란하게 손을 내밀어 마음을 잡네
구멍 난 내 생을 꿰뚫어보네
분명 여기가 거기 맞나
세상과 닿아 있으면서 돌아난 길
샛길에는 분명 사연을 품은 발자국들이 있네

# 불을 끄자 그래야 달이 오지

문 열고 나가보니 달이 왔어요 산마루에 걸쳐 있더라구
요 넓고 넓은 하늘 허공으로 가득하여 가도 가도 끝이 없
었나봐요 게다가 한낮이라 보는 사람도 없어 슬며시 구
름 속에 숨었더라구요 구름은 낯설었지만 금세 익숙해졌
어요 저녁 오기 전에 서쪽 하늘 노을빛에 날개를 펼쳐볼
까 해요 달만큼 밤일에 익숙해서 낯설지 않을 거예요 어
둠의 물살 헤엄쳐 다니다보면 새벽녘에 오는 영감을 만날
수도 있자나요 시가 아니어도 좋아요 달을 품고 있는 사
람들은 울 일도 웃을 일도 자주 생기자나요 사소하고 소
소한 기도가 간절한 사람들이자나요 꿈이라도 품게 해야
지요 당신도 사랑 때문에 울자나요 그게 뭐라고 다 울고
나서 두 주먹으로 눈물을 닦을 때까지 환히 기다릴 줄 아
는 달.

달이 왔어요

# 정류장 빈 의자처럼

오막, 빈 곳에게로 왔네요 막, 텅 빈 내 자리로 왔어요 여기서는 외로워할 수도 있고 슬퍼할 수도 있어요 물론 보고 싶다고 말할 수도 있어요 다, 텅 빈 탓이지요 그렇다고 기다릴 일은 아니죠 그냥 지나가는 것을 바라볼 뿐이죠 구름조차 머물지 않네요 우리 어제 만나기로 한 약속은 삼십 년 후쯤으로 돌립시다 어제는 오지 않아요 흘러간 강물이 다시 오지 않듯 다만, 텅 비어서 메아리가 오기 전에 뻐꾸기가 울 수도 있어요 그 울음도 사라지면 빈자리는 비어서 더 환할 거예요 참 아침마다 오는 딱따구리가 어떤 소리로 울죠 당신의 기억에 있으면 텅 빈 거기 내가 서서 기다릴게요 다, 지나갔다지만 사랑처럼 또 오지 않겠어요 올해의 첫눈이 오네요 소원을 말해봐요 정류장 빈 의자처럼

# 오죽

오죽 뿌리로 만들었다는 펜을 선물 받았다
뿌리까지 검은 오죽
겉과 속이 다르지 않은 일심동체가 맘에 들었다
퍼뜩 떠오른 생각이 오죽의 끝에서 까맣게 흘러나왔으
면 했다
때로는 뜻대로 글이 되지 않았다
어쩌다 한 문장이 오래 맴돌다 나오기도 했다
두루치기에 모주 한잔을 하니 애인이 그리웠다
오랜만에 애인은 흠뻑 땀을 흘렸고
바람에 흔들리는 오죽의 대궁을 움켜잡고
가늘게 몸을 떨었다
뿌리 마디마디 연민으로 쟁여놓았던 사연들이 흘러나
왔다
마디의 삶은 어둠처럼 깊고 고요했다
흔들리거나 소리 내어 우는 까닭을 거침없이 받아주
었다
오죽하면 병처럼 깊어진 연민을 들여다보다가
눈에서 멀어지고 마음도 멀어진
사랑하는 이에게 편지를 쓴다

그리워하는 것은 근원이 없네
다만 마음에 두지 않으리니

## 별일 없나

막차가 막 떠난 어둑어둑한 길
도자 바퀴 구름이 흘러가고
스무나흘 달이 빼꼼 내다보고 있다
한의사는 맥이 잡히지 않는다고
기가 눌렸다며 많이 걸으라고 한다
강나루 앞 징검다리를 건넌다
숨이 차고 맥박이 뛰고
무릎이 시큰거리고
징검돌에서 물소리가 들린다
가만히 등을 내준 징검의 돌들
징검을 감고 도는 음표들이
물과 소리에 둥둥 떠돈다
징검돌 위에서 만나는 당신과
비껴서며 눈인사를 한다
낮달이 점점 환해지는 물을 따라 흘러간다
무정한 마음 저렇게 흘러갔겠다
징검돌을 다 건넜다가 다시 건너온다
달의 음표가 반짝인다
물소리와 몸을 섞는 달이 수시로 자세를 바꾼다

달이 귀를 세우고
내 몸 속의 맥박을 엿듣고 있다

## 파킨슨 씨를 만난 날

당신을 처음 만났을 때
했던 말이 걸려요
길지도 않은 말
잘 할게요
하느라고 한 세월
주름 늘어진 얼굴
낡고 어눌한 모음으로 남은 당신
말뿐인 말
잘 하지도 못한
처음의 말
다 알고 있으면서
왜 견뎌냈을까
나는 지금 사람이면서 사람이 아닌
제 몸 하나 가누지 못하는
허울뿐인 사람
자꾸 처음을 기억하며
한 말 또 하고 또
처음을 잊어버리는
신음의 끝은 어디인가

당신의 처음에도
신음이 있었는지요
처음을 자주 기억하던 날도
처음을 자꾸 잊어버리는 날도
당신한테 잘 할게요
그냥 열심히 해볼게요
살 때까지

5부

# 뒷담화

옛날 부엉이는 춥다고 울었단다 얼음이 버석거리는 동치미국물에 메밀국시를 말아 먹는 겨울 아랫목 구들장 뜨끈뜨끈해도 들창문마다 진서리가 꼈단다 석쇠에 올린 차조 떡이 화리 한가득 벙그렇게 부풀어 오르는 늦은 밤이었단다 이불 끌어당기며 오랜 흙내를 맡았단다 천장 한구석 쥐 오줌이 배고 쥐들이 달음박질하는 밤 밖은 눈빛에 얼비친 바람이 불고 부엉이가 울음을 그쳤단다 갑자기 오줌이 마려워 누이한테 같이 가자 조르던 밤이었단다

어찌 살았는지 몰라 증말 아무것두 몰라
그냥 조율이시 진설하는

먼 할머니 제삿날

# 어느 셰프의 도마

잔혹하게도 나는 바닥에 엎디려 난도질을 다 받아냈단
다 때가 되면 서슬이 퍼렇게 살아났지만 칼을 무서워한
적은 한 번도 없었단다 외레 칼을 품으라 한 격언을 되뇌
었단다 늘 가슴 한가운데는 열어두었단다 칼은 칼의 길
을 가게 해야 한다고 때로는 말처럼 뛰고 물처럼 부드럽
게 흘러가게 해야 한다고

어쩔 수 없이 사라지는 목숨들

목숨들은 소리 없이 내안에 들어 칼날처럼 울었단다
도마로 산다는 건 칼을 받아들인다는 것 칼이란 예리고
여려서 달래고 어루어야 한단다 한눈팔면 손가락 몇 개쯤
은 그냥 먹어치웠단다 칼날 받는 순간만 기억하라고 왕
년은 다 잊어버리라 한,

낯익은 처녀가 메꽃을 머리에 꽂고 환하게 웃고 있다

## 투덕적

제삿날 하루 앞두고 어머이는 멥쌀을 씻어 불렸다
맷돌을 함지에 안치고 마주앉아 맷돌질을 했다
쓰럭 싸락 멥쌀이 갈렸다
뽀얀 젖물이 흘러내렸다
듬성듬성 성긴 멥쌀 뉘가 섞여 나오기도 했다
어머이는 물을 사루며 고운체에 걸렀다
작은어머이는 화리에 굴멍쇠를 걸고 소당을 걸었다
무쪽으로 기름질을 하고 확 달궈낸 소당엔
김장독에서 짠지 한 포고지 숭숭송송 썰고
고추장 한 술 퍼 넣고 멥쌀 지개미에 밀가루 한 술 섞어
소당가심을 했다
찌거리로 붙여낸 투덕적은 두툼하게 부쳐냈다
꺼끌꺼끌 했지만 씹는 맛이 좋았다
씹을수록 구수했다
맷돌 씻어 다시 안치다 녹두를 갈았다
멥쌀은 뽀얗고 걸죽했다
달궈진 소당에 짠지와 파를 깔고 얇게 메밀적을 붙여
냈다
일부러 해 먹을 수는 없는 적이라

제삿날이 기다려지기도 했다

* 투덕적은 메밀을 갈고 나서 고운체로 걸러낸 찌거리로 만든 적(전, 부침개: 적은 강원도 토속어)으로 두르러기적이라고도 했다.

# 달기자반

폭설이 내리고
토끼들이 켁켁 울면
동네 성들 산으로 가
올무를 놓거나 몰이로 잡았다고 한다
토끼는 눈에 빠져 엉기적엉기적 걷다가
발소리 나면 냅다 뛰다 꽉 쑤셔 박는다고 한다
성들은 잽싸게 귀를 잡고 끌어낸다
아버이는 가죽을 벗기려 반달칼을 갈고
어머이는 우물에 담궈둔 뒤비를 꺼내온다
때 아닌 잔치에 부엌이 들썩인다
빨갛게 홀랑 벗긴 토끼를 안반에 뉘어놓고
도꾸로 투덕투덕 조겨놓으면 동네 형수들이 달게들어
다졌다
다지다보면 홍살무니 할아부지도 잇몸으로 씹어 삼킬
만큼 부드러워지는데
다진 토끼에 뒤비를 부셔 넣고 당근 생강 마늘 고춧가
루 순파를 넣고
다시 이겨 한 줌 한 줌 떼어내 설설 끓는 물에 익혀내면
내면 월둔골에서 겨울철에 해 먹던 토끼자반이라는데

개울 건너 옹고짐터 고미네 집에서 기별이 왔다

퇴끼는 구해 대신 달기자반 들어봐유 그 옛날 맛이 나네
서너 갈비 내주며 먹을 만하다며 들어보라 한다
그 옛날 할머이는 겨울 눈구녕에 얼궜다가 초저녁 잠도
놓치고 밤참이 굽굽해지면
소당에 구워 영감 입에 멕여줬다는
그 토끼자반이 먹고 싶어 사냥 다녀오라고 성화였다고
했다

* 토끼자반은 토끼치각, 토끼반대기라고도 한다. 달기자반은 달을 통째로 다져
두부를 넣고 갖은 양념을 하여 떡갈비처럼 익혀낸 음식이다.

# 촛물 내기

가을걷이도 다 끝나고
배차 도려 김장할 때가 되면
동네 아낙들 두레를 지어 순번을 정했다
집안의 여자들은 손끝 마를 날이 없고
남정네들은 이집 저집을 돌며 보쌈에 술 한 잔을 걸쳤다
버덩말 김씨는 아침 일찍 콩을 불리고
배차를 도려 반을 갈라 소금에 절궜다
그리고 화덕에 불을 넣고
불린 콩을 갈아 끓였다
콩물이 거품을 내며 끓어오르자 불을 빼고
촘촘한 베잘구에 넣어 콩물을 짰다
젖물처럼 배어났다
예전엔 콩물에 당원이나 소금을 타 주린 배를 먼저 달
래기도 했단다
비지가 담긴 잘구에선 김이 모락거렸다
다시 콩물을 지북솥에 넣고 불을 은근하게 피웠다
눌어붙지 않게 긴 나무주걱으로 저으며
부르르 끓어오르면 불은 빼고 간수를 주걱에 바쳐 넣었다
콩물이 구름처럼 엉긴다

연두빛이 감도는 노르스름한 촛물이 곱다
초뒤비를 한 양재기 떠놓고 함지박에 면보재기 깔고
구름처럼 엉긴 뒤비를 담아 흘러 새지 않게 쌓다
그 우에 작은 함지를 놓고 스며나는 촛물을 담았다
그 무게로 보재기 속에서 서로 엉기는 것이다
때를 맞추어 두레패들이 온다
뒷버덩 지은이도 독가촌 윤하와 웃집 길순이도 온다
그새 방씨는 언 땅에서 달롱 캐 간장을 만들었다
모두 한 그릇씩 비웠다
배부르자 촛물 동치미와 비지밥이 생각났다

# 뭔 맛이래유

눈이 온다
오막은 눈이 내려 하이얗게 깊어진다
온 사방이 눈으로 깊어지면
옛날에 옛날에 하던 이야기로 하얗게 밤 새운다
열두 판 뺑을 쳐도 밖은 눈으로 환하다
뒷버덩 지은이가 토끼길을 따라 버덩말 내려와 하루를
논다
궁굽한데 난치나무국수를 할까
말이 끝나기도 전에 버덩말 엄씨는
굵은 멸치에 막장을 풀어 시래기국 끓이고
방씨와 설설 물이 끓는 지북솥 우에 분틀을 건다
난치나무 갈구 한 대접에 멧옥씨기갈구 열 대접쯤 섞어
반죽을 치댄다
엥간하다 싶을 때 시래기장국 맛이 우러나고
마을 형수들이 반죽 덩이 분틀에 넣으면
헐렁수케 같은 서넛이 매달려 눌러댄다
미끈덩 가락이 빠지지 못하면 온갖 야한 농담으로 놀려
먹는다
시래기국내가 소문처럼 동네로 퍼지면

버덩말 이모가 눈을 맞고 들어서고
소식없던 살둔 홀애비도 별일 없냐고 전화가 온다
그러면 백씨는 심이 딸려 분틀 못 누르겠다고 비호처럼
달려오란다
그새 노루하고 곰이 매달려 첫물을 빼
시래기국에 말아 한 그릇 비운다
이 맛을 어디서 보겠노
또 차례를 기다리는데
눈은 아무 일 없다는 듯이 길을 지운다


참 잘 온다 그지

# 메물능쟁이

니 내 좋아했는데

서산 어디 산다는 분산이가 오십 년 만에 와서 한 말이다

혼잣말 같기도 하고
들으라고 한 말 같기도 한데

모라고

못 들었으면 말고

그때 붉은데이 오면 능쟁이 해주려 했는데
한 번을 안 오데 서운하더라 그래서 내면 떠났다

지금이라도 만들어주지

됐다
말로 해줄게
〉

통메물 찰강냉이가루 없으면 멧옥씨기가루 좁쌀을 준
비해
  그런 다음 노강지에 물을 넉넉히 붓고 메물 넣고 푹 능
귀지도록 죽을 쒀
  푹 퍼졌다 싶으면 찰강냉이가루와 좁쌀 나물 좀 넣고
  눌어붙지 않게 능구면 돼

  능구는 게 뭔데

  내가 니 속에 들어가도록 속을 푹 늘귀놓는 거지

  한번 먹고 싶다
  메물능쟁이 같은 저녁을

# 을수 내면 뭉셍이

을수 내면 큰대산이 외할머이가 오신다 깊고 깊은 산골짜기 딸내미 재추로는 보내지 않겠다고 시집가는 날 자리에서 일어나지 않았다는 외할머이가 오신다 서둘러 마당 쓸고 사립문 활짝 바쳐 열어놓고

멀리 드렁골 어개 귀함지 이고 발밤발밤 걷는 외할머니 배다른 누나와 형들과 할머이 할머이 할머이 부르며

산이 산울음 한다
눈 덮인 산 얼음장 너케 지는 삼월이다
구구새 우는 한낮 햇살이 찰강냉이처럼 차지다

눙군 찰강냉이에 당콩에 호박우거리 섞어 시루에 안치고 푹 퍼져 차지도록 불을 넣어 쪘다는 뭉셍이와 갱엿과 땅콩 참깨를 버무린

엿과 가락 사이 진득한 사돈 할머이들 이야기가 길어지고 간간이 웃음이 섞이며
애들은 웃방에서 오도독오도독 엿을 깨물어 먹는다
〉

불이 내치고 내굽다
안방 구석 곳골에 불을 넣고
붉고 어른대는 불빛 아래 안씨네 윤가네 전씨네 최가네
멀리 살든 홍가네도 둘러앉는다

뭉셍이가 뭐냐
몸이 자꾸 마음처럼 버무려지더라는

을수 내면 큰대산이 외가

바람소리 물소리만 먼 산 휘돌아나갔다


\* 뭉셍이: 마른 잘강냉이를 갈아 그 가루에 당콩, 호박우거리(늙은 호박을 켜
   말린 것) 등을 넣어 버무려 시루에 쪄낸 떡.

# 도토리밥

시집갈 때까지 쌀 서 말을 못 먹었지
뭉심이나 콩갱이 투생이가 낯설지 않았어
다 이렇게 먹고사는 줄 알았지
가을 해는 짧고 겨울바람은 황소처럼 식식거렸단다
둥구리마다 강냉이 채우고 구데이마다 감자를 묻고
김치곽에 동치미며 짠지 해 넣으면
뒷산 갈보대기 도토리 줏으러 가는 게 일이었단다
온 식구가 들러붙어 주루먹에 잘구에 그득 담아 지고이고
집구석에 들어서면 도토리묵 같은 저녁이 와 있었지
강냉이밥에는 감자가 달처럼 뜨고
빠글장에 비벼 허겁지겁 먹고 나면 저절로 눈이 감겼단다
도토리는 햇살 바른 마당에 펴 사날 말렸다가
맷돌로 뭉개 겉껍데기를 까 물에 담궈 울궈냈단다
물을 갈아주며 댓새 지나 맑은 물이 고이면
첫새벽부터 가마솥에 장작불을 넣고 도토리를 삶았단다
삶아지면서 우러나는 흙물을 퍼내고 다시 물을 부어 삶
는 일
알 불을 그러내 감자도 굽고 절군 물고기도 궈 먹다보면
도토리도 뭉그러질 만큼 삶아지고

그제야 어머이는 가마솥 한 가운데 동베리로 엮은 용수를 박고
를 박고
도토리물이 맑게 우러날 때까지
부강지에 장작을 넣고 용수에서 물을 찔궈냈단다
꼬박 하루가 걸렸단다
용수에 괸 물이 뽀얘지면 부강지에 불을 그러내고
도토리를 긴 주걱으로 두적거려 물기를 제쳤단다
귀함지마다 그득 담긴 도토리 쌀만 봐도
겨울은 모질지도 골지도 않았단다

* 뭉심이: 감자를 강판에 갈면 녹말이 나는데, 감자 간 것을 꼭 짜 물기를 빼고 거기에 녹말을 섞고 당콩(토종 강낭콩)을 섞어 반죽을 한 다음 먹기 좋게 뭉쳐서 솥에 찐다.
* 콩갱이: 콩을 불려 갈고 시래기나 우거지 곤드레나물 등을 넣어 콩죽을 끓이다가 그 위에 메밀가루를 얹어 다시 폭 끓여내 만든 죽.
* 투생이: 감자를 까 솥에 넣고 그 위에 당콩과 감자가루(뜨거운 물로 반죽한다)를 조금 질게 반죽하여 얹어 만든 토속 음식.

# 비지밥

마을 뉘 집에서 뒤비라도 했다면
한 바가지 얻어다 뚜가리장 지져 먹을 일이다
한 끼라는 말이 하루처럼 흘러가고
비지밥은 어둑하니 구수하게 고인다
감자를 삐져 넣고 우거지 삶아 숭숭 쓸어 넣고
무 채 썰어 한소끔 끓어 넘치면
그제사 얻어 온 비지를 넣고
다시 한 번 폭 끓이다가
좁쌀이든 강쌀이든 한 움큼 넣어
푹 퍼지게 끓여 먹던 밥

나는 늘 밥 앞에서는 경건해진다

# 사랑 분분(芬芬), 빈자리
## —허림 시집 『누구도 모르는 저쪽』 읽기

**오민석**(시인/문학평론가)

1

이 시집에서 허림 시인의 화두는 '사랑'이다. 이 시집의 마지막 5부를 제외한 대부분의 시가 '사랑'이라는 징검다리를 건너고 있다. 연이어 사랑의 주제가 등장하거나, 아니면 두어 시편을 건너면 독자들은 다시 사랑의 도돌이표를 만난다. 그러므로 허림은 사랑에 목마른 시인이고, "누구도 모르는 저쪽"에까지 사랑의 신짝을 벗어두고 온 사람이다. 사랑은 충만할 때 넘쳐서 시가 되기도 하지만, 부재할 때 더욱 갈급한 대상이 되기도 한다. 이 시집에서 허림은 '사랑을 잃은 사내'이다. 이 시집은 사랑을 잃고, 강원도 산골 오막에 유폐된 한 사나이의 외로운 사랑 노래이다. 그 노래들은 아프고, 슬프고, 그립고, 아련하다. 그 가락이 하도 절실하여 사랑하지 못한 자, 사랑받지 못한 자들도 흔들리지 않을 수 없다. 허림의 시편들은 오르페

우스(Orpheus)의 리라처럼 죽은 심장들을 건드리고 깨운다. 그리하여 허림의 시편들은 이 세상에서 우리가 할 것이 사랑밖에 없음을, 우리 삶의 궁극적 동력이 오로지 사랑임을 알려준다. 그러므로 사랑에 병든 자, 사랑을 모르는 자, 아픔이 그리움이 되어버린 자, 목석처럼 사랑을 외면하는 자들은, 허림의 시가 펼치는 사랑의 고통스러운 축제에 가담해보아야 한다.

> 언제든 떠날 애인이었다
> 집은 자주 비었고
> 방에선 오래된 냄새가 났다
> 개들이 짖는 게 낯설지 않았고
> 괭이들이 뒤돌아보며
> 뒤란에 몸을 숨겼다
> 내 모르는 소문이 떠돌았다
> 누군가 나를 보고 있다
> 감자꽃이 피고
> 그믐밤도 길은 환했다
> 애인이 떠난 저녁이었다
> ──「감자꽃 필 무렵」 전문

사랑이 그의 화두가 된 것은 애인이 떠났기 때문이다. 집이 자주 비고, "방에선 오래된 냄새가" 나고, "개들이 짖

는 게 낯설지 않"고, "괭이들이 뒤돌아보며 / 뒤란에 몸을
숨"기는 것은 애인의 떠남을 예고하는 징후들이다. "감자
꽃이 피고" 길도 환한 "그믐밤"에 떠난 애인이야말로 허
림의 시적 우물이다. 시인의 쓸쓸하고 슬픈 정념은 '애인
의 부재'라는 우물에 고인다. 허림의 시들은 이 원정(原
井)에서 흘러나온다. 이 우물은 애인이 돌아오지 않는 한
절대 채워지지 않는다. 그것은 부재이므로 욕망을 낳고,
그것이 시로 전화(轉化)되는 동안에도 계속 결핍으로 남
는다.

캄캄하다
더 이상 용서도 사랑도 없겠지
삐뚤어지는 갈피를 잡아
이번만은

마지막이다
한 개비 성냥을 그어 불사를 수 있기를

은유의 마지막은 절벽에서 시작한다

주상절리 벼랑에 집을 짓고
사나운 새처럼 한철 살다간
여인에게 편지를 쓴다
〉

안인바다 아침 햇살과

대관령에 날리는 사월의 눈발과

바람의 발자국만 깊은

내면 오막의 적막 따위는,


마지막이라는 말은

이별 뒤에 오는 저녁처럼

그림자 거두어가는 것

—「마지막이라는 말」전문


"이별", "용서", "사랑"은 이 시의 전체 내러티브를 구성
하는 얼개이다. 이 내러티브의 주체는 시적 화자와 "여인"
이다. 그들 사이에 모종의 "마지막"이 존재한다. "여인"은
위태롭게도 "벼랑에 집을 짓고" "사나운 새처럼 한철 살
다간" 존재이다. "마지막이라는 말"은 존재의 "그림자"까
지 "거두어가는 것"이다. 그러므로 그것은 '끝장'의 다른
이름이다. 그러나 마지막이라는 말은 사랑을 잃은 시적
화자에게는 사라지지 않는 기억이다. 그것은 무의식과 의
식을 오가며 그 아득했던 "절벽"을 계속 소환한다. "은유
의 마지막"이 "절벽에서 시작한다"는 전언은, '끝장'의 기
억을 계속 호출해내는 것이 그의 '시'임을 고백하는 말이
다. 그리하여 "마지막이라는 말"은 역설적이게도 그 "그
림자"를 거두지 못한다. 그것은 은유를 통하여 다른 이름

으로 계속 호출된다. 그 은유의 먼 뒤꼍에 '사실(fact)'로서의 '마지막'이 존재한다. 허림의 시는 그 마지막의 아픈 기억을 다른 이름으로 계속 바꾸는 작업이다.


2

사랑의 부재가 사랑의 욕망을 낳는다. 그 상태가 오래 지속될 때, 사랑은 존재의 필수 조건이 된다. 말하자면 허림의 시적 화자는 사랑 없이는 살 수 없는 존재, 사랑 외에는 다른 아무것도 의미가 없는 존재이다. 그러므로 그의 시들은 사랑과 함께 눈 뜨고, 사랑과 함께 잠든다. 사랑은 그의 밥이고, 직업이고, 시간이고, 꿈이고, 의식이고, 무의식이다.

어떤 남자와 어떤 여자 사이
얼맞은 주파수 타고 섞이는 잡음처럼
밀려왔다 밀려가는 비, 빗소리
어떤 여자의 사랑이
어떤 남자의 사랑이
서로 겉돌며 뒤섞이는 비, 빗소리
정작 내가 좋아하는 여자와
나를 좋아하는 여자가 서로 만나지 못하고
만났다 해도 정말 어쩌지 못할

비, 빗소리

젠장 살면서 사랑할 수밖에 없지 않느냐

소리치며 내리는 비, 빗소리

　　―「비, 빗소리」부분


"젠장 살면서 사랑할 수밖에 없지 않느냐"의 "젠장"은,
사랑이 '모든 것'이라는, "정말 어쩌지 못할" 엄연한 현실
에 대한 불편한 심사의 표현이다. 그러므로 허림 시인에게
있어서 사랑은 '보편적' 정언명령이다. 모든 것이 그 안에
서 생기고, 터지고, 움직이고, 되어간다. 그에게 사랑은 출
발점이자 도착점이다. 그는 거기서 나와서 거기로 되돌아
간다. 사랑은 그의 '거처(居處)'이다.


당신이

어디 있나

찾고 있는 동안


당신도

내게 오려고

구름을 헤집고 있네

　　―「반추」전문


허림 시인의 역량은 특히 짧은 분량의 서정시를 쓸 때

아름답게 드러난다. 그런데 단시(短詩)를 쓸 때도, 그의 욕망은 접합, 관계, 합체(合體)를 지향하는 에로스의 축에 가 있다. '떠남'이 분리, 절단, 파괴의 타나토스를 보여준다면, "당신이 어디 있나" 그리고 "내게 오려고" 서로가 서로를 찾는 행위는 정확히 에로스적인 것이다. 그는 이 시의 제목을 "반추"라 붙임으로써 에로스가 일종의 반복, 패턴, 일상임을 강조한다.

그러므로 그의 시는 타나토스적 현실에 대한 에로스적 대응이라고도 말할 수 있다. '떠남'을 소환하지만, 그 호출은 떠남 이전의 에로스적 합일에 대한 그리움의 결과이다. 그가 절망하는 것은 복구되지 않는 에로스를 목도할 때이다.

창가 탁자 위
꽃병에 꽂아둔 장미

오래도록
사랑이란 이름으로 여윈

그대 웃음이여
—「드라이플라워」 전문

"사랑이란 이름으로 여윈" "장미"는 타나토스 상태

에서 복구되지 않은 에로스의 객관 상관물(objective correlative)이다. "꽃"이 에로스의 상징이라면 "드라이"는 사막화된 에로스의 상태를 가리킨다.

> 내 안에서 춤을 추던 너의 환한 기억이 뜨겁다
> 생이 뜨거운 짐승들은 울면서 산다
> 캄캄한 밤이다
> —「오막의 한 밤」부분

"짐승들"을 뜨겁게 만드는 것은 사랑이다. "뜨거운 짐승들"은 서로의 "안에서 춤을" 춘다. 그런 상태에 있을 때, 짐승들은 "환"하다. 그러나 그것이 사라졌을 때, 뜨거운 짐승들은 "울면서 산다". 당신이 내 안에 없을 때, 환한 세상은 "캄캄한 밤"으로 변한다. 허림의 '울음'은 바로 내 안에 있어야 할 어떤 존재의 떠남 혹은 사라짐에서 비롯된다.

> 막차도 못 타고
> 터미널 근처 여인숙에 들어 자리 편다
>
> 이리저리 티브이 채널을 돌리며 뒤척이다가
> 카톡으로 와 있는 모바일 부고장을 연다
> 〉

문자로 정리된 세상이
유서처럼 떠돈다

어떻게 그렇게 잘 죽었지

사랑도 사람에 깃드는 생물이어서
떠나와 돌아보면 그립고 눈물 나는 일이네

눈 위로 걸어간 발자국만 선명하다
— 「장설壯雪」 전문


　허림은 이 시에서 사랑을 "사람에 깃드는 생물"이라 정
의한다. 그러나 이 시에서 사랑을 잃고 떠도는 화자가 싸
구려 여인숙에서 만나는 것은 "부고장"이다. 그에게 세상
은 "유서처럼 / 떠돈다". 그리하여 죽음의 공간에서 돌이
켜보면, 사랑은 "그립고 눈물 나는 일"이다. 화자는 다시
사라진 '마지막'을 소환한다. 그러나 "눈 위로 걸어간 발
자국"은 떠난 자의 흔적일 뿐, 그에게 남은 것은 없다.


　오막, 빈 곳에게로 왔네요 막, 텅 빈 내 자리로 왔어요 여기서
는 외로워할 수도 있고 슬퍼할 수도 있어요 물론 보고 싶다고 말
할 수도 있어요 다, 텅 빈 탓이지요 그렇다고 기다릴 일은 아니죠
그냥 지나가는 것을 바라볼 뿐이죠 구름조차 머물지 않네요 우리

어제 만나기로 한 약속은 삼십 년 후쯤으로 돌립시다 어제는 오지 않아요 흘러간 강물이 다시 오지 않듯 다만, 텅 비어서 메아리가 오기 전에 뻐꾸기가 울 수도 있어요 그 울음도 사라지면 빈자리는 비어서 더 환할 거예요 참 아침마다 오는 딱따구리가 어떤 소리로 울죠 당신의 기억에 있으면 텅 빈 거기 내가 서서 기다릴게요 다, 지나갔다지만 사랑처럼 또 오지 않겠어요 올해의 첫눈이 오네요 소원을 말해봐요 정류장 빈 의자처럼

— 「정류장 빈 의자처럼」 전문

이 시집의 계곡마다, 들판마다, 절벽마다, 사랑이 분분(芬芬)하다. 그러나 그 향기는 외롭고, 쓸쓸하고, 슬프다. 그것은 사랑이 바로 지금, 여기에 '없기' 때문이다. 그것은 멀리 있는 부재이며, 유령처럼 지금, 이곳을 떠돈다. 그것은 없어서 더 외롭고, 없어서 더 간절하다. 부재의 사랑이 확인해주는 것은 지금, 이곳의 '텅 빔'이다. 그러므로 허림의 시는 "텅 빈 내"가 부르는 "빈자리"의 노래이다.


3

지금까지 살펴본 것처럼 1~4부를 관통하는 주제가 사랑이라면, 이 시집의 5부는 전혀 다른 세계를 보여준다. 5부는 강원도 특유의 사투리와 음식, 유년과 가난, 농경 공동체의 삶을 찰지게 버무리면서 매우 독특한 세계를 보

여준다. 백석의 시가 평안도의 지역 언어로 담은 음식 이름, 토속 문화, 풍물들로 독자들을 매혹했다면, 5부에 실린 허림의 시들은 '강원도 판 백석'을 바로 떠올리게 한다. 수많은 지역과 지역 언어와 지역 문화가 존재한다. 그리고 지역 언어는 작가가 그곳에 오래 상주하지 않는 한 결코 사용할 수가 없다. 이런 점에서 사라져가는 지역 언어를 (해당 지역의 작가들이) 문학 텍스트로 살려내는 작업은 매우 중요하다. '유일무이한' 지역 언어들로 만들어진 텍스트들이 모여 다양한 화성(和聲)을 연주할 때, 민족 언어의 거대한 지도가 그려진다. 그리고 이런 민족 언어야말로 세계 언어의 소중한 자산이다.

눈이 온다
오막은 눈이 내려 하이얗게 깊어진다
온 사방이 눈으로 깊어지면
옛날에 옛날에 하던 이야기로 하얗게 밤 새운다
열두 판 뺑을 쳐도 밖은 눈으로 환하다
뒷버덩 지은이가 토끼길을 따라 버덩말 내려와 하루를 논다
굽굽한데 난치나무국수를 할까
말이 끝나기도 전에 버덩말 엄씨는
굵은 멸치에 막장을 풀어 시래기국 끓이고
방씨와 설설 물이 끓는 지북솥 우에 분틀을 건다
난치나무 갈구 한 대접에 멧옥씨기가루 열 대접쯤 섞어

반죽을 치댄다

엥간하다 싶을 때 시래기장국 맛이 우러나고

마을 형수들이 반죽 덩어리를 분틀에 넣으면

헐렁수케 같은 서넛이 매달려 눌러댄다

미끈덩 가락이 빠지지 못하면 온갖 야한 농담으로 놀려먹는다

시래기국내가 소문처럼 동네로 퍼지면

버덩말 이모가 눈을 맞고 들어서고

소식없던 살둔 홀애비도 별일 없다고 전화가 온다

그러면 백씨는 심이 딸려 분틀 못 누르겠다고 비호처럼 달려오란다

그새 노루하고 곰이 매달려 첫물을 빼

시래기국에 말아 한 그릇 비운다

이 맛을 어디서 보겠노

또 차례를 기다리는데

눈은 아무 일 없다는 듯이 길을 지운다


참 잘 온다 그지

— 「뭔 맛이래유」 전문


백석의 「여우 난 곬족」이 평안도 음식과 사투리로 써진 농경 공동체의 풍속을 그려냈다면, 이 시는 강원도 언어로 따뜻하고 풍성한 공동체의 모습을 재현한다. 독특한 이름의 강원도 음식들, 그것을 함께 나누는 정겨운 공

동체의 삶 위로 풍성하게 눈이 내리고, "참 잘 온다 그지"
라는 추임새까지 들어갈 때, 오직 그 지역에서만 가능한
정념이 풍성하게 살아난다. 허림은 강원도 고유의 언어
와 문화를 체화하고 있으므로, 앞으로도 보편 문화의 중
요한 구성물인 지역 문화 텍스트를 생산하는 귀한 일꾼이
될 가능성이 크다.

니 내 좋아했는데

서산 어디 산다는 분산이가 오십 년 만에 와서 한 말이다

혼잣말 같기도 하고
들으라고 한 말 같기도 한데

모라고

못 들었으면 말고

그때 붉은데이 오면 능쟁이 해주려 했는데
한 번을 안 오데 서운하더라 그래서 내면 떠났다

지금이라도 만들어주지
〉

됐다
말로 해줄게

통메물 찰강냉이가루 없으면 맷옥씨기가루 좁쌀을 준비해
그런 다음 노강지에 물을 넉넉히 붓고 메물 넣고 푹 능궈지도
록 죽을 쒀
푹 퍼졌다 싶으면 찰강냉이가루와 좁쌀 나물 좀 넣고
눌어붙지 않게 능구면 돼

능구는 게 뭔데

내가 니 속에 들어가도록 속을 푹 늘궈놓는 거지

한번 먹고 싶다
메물능쟁이 같은 저녁을
—「메물능쟁이」전문


이 시는 5부에서도 단연 뛰어난 작품이지만, 이 시집
전체로 볼 때도 허림 시인만의 독특한 잠재성과 가능성
을 잘 보여주는 수작이다. 이 시는 지역 언어와 지역 음식
을 질료로 사용하되, 이미 사라져버린, '좋았던 옛날(old
good days)'의 회상에 머물지 않고, 그것들을 지금, 이곳
의 삶과 연결한다는 점에서 주목을 요한다. 이 시에서 지

역 언어와 문화는 과거가 아니라 지금, 이곳에서의 삶을 더욱 두텁고 풍성하게 만든다. "능구는 게 뭔데 / 내가 니 속에 들어가도록 속을 푹 늘궈놓는 거지"라는 능청은 얼마나 찰지고 유쾌한가. 게다가 이런 대목은 허림 시인이 지역 언어로 시를 쓸 때도 근저의 화두가 여전히 '사랑 분분'임을 보여주며, 그리하여 1~4부의 사랑 주제의 시들과도 자연스럽게 연계된다. 그러나 이 시가 앞의 사랑시들보다 탁월한 것은 이루어지지 않은 사랑을 노래하면서도 민중적 낙관, 민중적 웃음의 여유를 보여주기 때문이다.(*)

## 누구도 모르는 저쪽

| | |
|---|---|
| **1판 2쇄 발행** | 2021년 1월 20일 |
| **지은이** | 허 림 |
| **발행인** | 윤미소 |
| **발행처** | (주)달아실출판사 |
| **책임편집** | 박제영 |
| **디자인** | 전형근 |
| **마케팅** | 배상휘 |
| **법률자문** | 김용진 |
| **주소** | 강원도 춘천시 춘천로 17번길 37, 1층 |
| **전화** | 033-241-7661 |
| **팩스** | 033-241-7662 |
| **이메일** | dalasilmoongo@naver.com |
| **출판등록** | 2016년 12월 30일 제494호 |

* 이 도서의 국립중앙도서관 출판예정도서목록(CIP)은 서지정보유통지원시스
  템 홈페이지(http://seoji.nl.go.kr)와 국가자료공동목록시스템(http://www.
  nl.go.kr/kolisnet)에서 이용하실 수 있습니다.(CIP제어번호 : CIP2020037096)
* 잘못된 책은 구입한 곳에서 바꿔드립니다.
* 책값은 뒤표지에 표시되어 있습니다.
* 이 책은 홍천문화재단의 지원금으로 발간되었습니다.